AF454817

# CATALOGUE

DES

# TABLEAUX ANCIENS IMPORTANTS

DES ÉCOLES FRANÇAISE, FLAMANDE ET ITALIENNE

COMPOSANT LA COLLECTION

DE FEU

## M. LE MARQUIS DE RIBEYRE

DONT LA VENTE AURA LIEU

HOTEL DROUOT, SALLE N° 1

Le Mardi 26 Mars 1872

A 3 HEURES

PAR LE MINISTÈRE DE Me CHARLES OUDART, COMMISSAIRE-PRISEUR

31, rue Le Peletier

ASSISTÉ DE M. ÉMILE BARRE, EXPERT

20, Chaussée-d'Antin

*Chez lesquels se distribue le présent Catalogue*

## EXPOSITIONS

| PARTICULIÈRE | PUBLIQUE |
| --- | --- |
| Le Dimanche 24 Mars 1872 | Le Lundi 25 Mars 1872 |
| DE 1 HEURE A 5 HEURES | DE 1 HEURE A 5 HEURES 1/2 |

Yd1 8

D05412

# DÉSIGNATION
# DES TABLEAUX

COMPOSANT LA COLLECTION

DE FEU

## M. LE MARQUIS DE RIBEYRE

---

### AUBRY

1. — Portrait de la marquise de Ribeyre.

Miniature sur ivoire.

### BONNINGTON

2. — La Dame et le Page.

## BERTIN (Jean-Victor)

3. — Paysage.

Pasteurs gardant des chèvres; petite peinture très-fine, très-soignée.

Bois. — Haut., $0^{m}$,23 c.; larg., $0^{m}$,18 c.

## CANALETTO (École de)

4. — Vue prise à Venise.

Ce tableau est une variante du célèbre tableau de Canaletto, qui fait pendant à la fête du jour de l'Ascension.

Il sont tous deux gravés par Brustolini.

Toile. — H., $0^{m}$,43 c.; l., $0^{m}$, 56 c.

## COELLO (Claudio)

5. — Grande composition religieuse.

Un alcade, qui a recouvré la vue après une neuvaine, se prosterne avec sa femme devant la sainte Vierge, tandis que saint Dominique intercède pour eux. La Vierge, sur les nuages, leur présente l'enfant Jésus, qui leur tend un rosaire. Des groupes d'anges, portant des lis et des roses, descendent des nues.

Ce tableau, par sa composition, sa couleur, sa vigueur et la largeur de sa touche, est une œuvre de premier ordre.

Toile, — Haut., $1^{m}$,90 c.; larg., $1^{m}$,50 c.

## COQUES (GONZALÈS)

6. — **La Partie de musique.**

Un gentilhomme en noir, avec sa femme et sa fille en robe de satin rose et jaune, sont assis près d'une table couverte de musique; deux autres personnages sont : l'un au piano, l'autre près de la table. Un domestique sert à boire.

Toile. — H., $0^{m}$,98 c.; l., $1^{m}$,16 c.

## DROUAIS

7. — **Portrait de la marquise de Villemont.**

Toile. — H., $0^{m}$,92 c.; l., $0^{m}$,73 c.

## FRAGONARD

8. — Le Boudoir.

Toile. — H., $0^m,39$ c.; l., $0^m,31$ c.

## GREUZE (J.-B.)

9. — La Jalousie.

Tête de jeune fille, *à la sanguine,* très-remarquable de force et d'énergie.

## LANCRET

10. — Danse champêtre.

La comédie italienne à la campagne; charmante composition de onze figures.

Collection de M. de Villars.

Toile. — H., $0^m,48$ c.; l., $0^m,58$ c.

## LAURENT

(1789)

11. — La princesse de Lamballe.

Grande miniature sur ivoire. Elle est représentée assise dans un parc, une rose à la main.

## LAZERGE

12. — Ophélie.

Toile. — H., $0^m$,31 c.; l., $0^m$,22 c.

## LEBRUN

13. — Apothéose de Louis XIV.

Le roi est représenté en triomphateur romain, assis sur un char traîné par quatre chevaux blancs. Devant lui, la France, sous la figure de Pallas, armée de l'épée et du bouclier, charge les ennemis de la monarchie. C'est d'abord l'Angleterre, sous l'allégorie du lion britannique, suivie de deux jeunes filles qui fuient épouvantées. Un guerrier, l'épée brisée, les couvre de son corps, tandis qu'un autre, le casque en tête, drapé dans un manteau rouge, se retourne pour les défendre. Plus loin, l'aigle impériale, qui plane sur les bataillons de l'Autriche, recule devant les torches enflammées portées par les soldats français. La Savoie, les Pays-Bas se couvrent de leurs boucliers, tenant en main des javelots brisés.

Au bas de ce groupe, qui forme la gauche de la composition, on voit dans le clair-obscur quelques figures allégoriques vomissant des flammes : ce sont l'Envie, l'Hérésie montrant la révocation de l'édit de Nantes.

Le char de Louis est porté sur les nuages. Il est salué sur son passage par les quatre parties du monde sous l'emblème de jeunes filles. L'Europe, tenant par la bride un cheval de bataille, est assise sur un monceau de drapeaux et de piques.

Derrière le char, la Terre, portant la corne d'abondance, pose sur la tête du héros une couronne de lauriers. A côté, la Mer, une rame à la main, coiffée d'un diadème de perles et de corail, tient au-dessus du triomphateur une couronne royale. Cette figure et celles de la Justice, de la Force, de la Peinture et de l'Architecture qui suivent, offrent des types d'une grande élégance.

A côté du char, la Religion catholique, drapée en blanc, et tenant d'une main le calice surmonté de l'hostie, semble adresser la parole au roi, qui a le visage tourné vers elle. Des anges portant la croix, et la Piété, sous la figure d'une jeune fille, les yeux baissés, les mains jointes, ayant au front la flamme de l'amour divin, suivent la Religion. Au-dessous, la Charité presse sur son sein des petits enfants nus, tandis que la Richesse et l'Abondance donnent à un groupe de pauvres.

Deux Renommées ailées, portant l'étendard de la France, planent au-dessus de cet ensemble. Enfin, dans la distance, le Temps a été arrêté sur les nuages pour donner aux neuf Muses qui l'accompagnent l'occasion de retracer les hauts faits du héros.

Ce tableau a été gravé par Rebel.

Toile. — H., $0^{m},75$ c.; l., $1^{m},46$ c.

## LEEN (VAN) *École hollandaise.*

14. — Bouquet de roses et de fleurs diverses dans un vase.

Au bas, un nid, un oiseau et une rose.

Bois. — H., $0^m$,76 c.; l., $0^m$,57 c.

## MAAS (N.)

15. — Portrait de jeune femme en riche costume.

Toile. — H., $0^m$,74 c.; l., $0^m$,57 c.

## MEMLING (ÉCOLE DE)

16. — La Vierge et l'Enfant Jésus.

Bois. — H., $0^m$,32 c.; l., $0^m$,20 c.

*

## MOLA (Francesco)

1612 à 1668.

### 17. — La Fuite en Égypte.

La Vierge, tenant dans ses bras l'enfant Jésus, s'est arrêtée sous une grotte où coule une source; Joseph puise de l'eau qu'il lui offre. Au-dessus, des anges sont en adoration.

Cette composition est peinte dans le sentiment de Murillo.

Toile. — H., $0^{m}$,47 c.; L., $0^{m}$,54 c.

## MOUCHERON (J.)

### 18. — Paysage.

A l'entrée d'un parc italien, des vaches et des moutons viennent se désaltérer, par une chaude soirée d'été, à une mare d'eau abritée sous des arbres séculaires. On voit en face la porte d'une villa devant laquelle jaillit un puissant jet d'eau. A droite, des statues, des cariatides, des fragments d'architecture se mêlent à un groupe d'arbres d'une riche végétation. Un dernier rayon de soleil pénètre à travers les massifs dont il éclaire les moindres détails, et donne à ce paysage italien l'aspect des compositions de Claude le Lorrain.

Ce tableau a appartenu à *Omméganck*, qui y a introduit de sa main une marche d'animaux dans le genre d'*Adrien van de Velde*.

Signé à gauche, au bas.

Toile. — H., 0m,78 c.; L., 0m,95 c.

## MOUCHERON ET VAN DE VELDE (ADRIEN)

### 19. — Intérieur d'un parc.

Les figures sont d'Adrien van de Velde.

Ce tableau est admirable de finesse.

Signé M.

Bois. — H., 0m,45 c.; L., 0m,40 c.

## NATTIER (J.-M.)

### 20. — Portrait de la duchesse de Châteauroux.

Elle est représentée assise dans la campagne, une étoile sur sa tête, des pensées à la main, robe blanche, écharpe rose.

Toile. — H., 1m.; L., 0m,83 c.

## NATTIER (J.-M.)

**21. — Portrait du duc de Penthièvre.**

En buste et en armure avec divers ordres.

Toile. — H., 0m,70 c.; l., 0m,58 c.

## ORRENTE (Pedro)

École de Valence (Espagne).

**22. — Le Sauveur en bon pasteur.**

Grandeur de nature.

Dans un paysage espagnol, le Sauveur porte sur ses épaules la brebis égarée; un troupeau d'agneaux l'entoure et le suit.

La figure du bon pasteur est pleine de douceur et de majesté. Les moutons sont peints avec cette perfection propre à Orrente, le premier peintre d'animaux de l'Espagne.

Toile. — H., 1m,90 c.; l. 1m,35 c.

Provenant de la galerie du comte d'Astorga, à Valence.

## OS (Jean van) *le Vieux*

23. — Fruits et fleurs.

Un bocal avec trois poissons rouges, éclairé par un brillant rayon de lumière, est placé sur l'escalier d'une terrasse près d'un vase grec; au-dessous, des raisins noirs et blancs, des prunes et une grenade entr'ouverte. A gauche, quelques fleurs d'une teinte délicate. A droite, un faisan mort, dont le plumage bleu et brun vient faire contraste avec les couleurs brillantes des autres objets; une perdrix, plusieurs poissons, dont quelques-uns encore vivants, un nid de fauvettes, des mousses, des chardons et des feuilles de vigne. Au loin, dans une demi-teinte, une église gothique.

Toute description serait au-dessous des qualités de cette peinture si délicate, si fine et si transparente.

Signé au bas : *J. Van. Os. F.*

Toile. — H., 0m,96 c.; L., 0m,76 c.

## PULIGO (Dominico)

(Élève et collaborateur d'Andréa del Sarte.)

24. — Sainte Famille.

La Vierge tient sur ses genoux l'enfant Jésus, qui joue avec un oiseau. Saint Jean s'approche derrière elle en souriant.

Ce charmant tableau, d'une conservation parfaite, se rapproche de l'école de Léonard et de Luini. La Vierge est le portrait de la femme d'Andréa del Sarte à l'âge de quinze ans.

Rond. — Toile, dim. 0m,72 c.

## SACCHI (Pietro-Francesco)

(École lombarde.)

25. — La Sainte Famille dans un paysage avec ruines.

Sacchi a été élève de Léonard de Vinci et de Raphaël. Ses œuvres sont très-rares.

Ce petit tableau, peint sur bois, est de la plus précieuse conservation; il porte la signature et la date de 1315.

H., $0^m$,31 c.; L., $0^m$,19 c.

## SCHEFFER (Ary)

26. — Faust dans son cabinet.

Première pensée du tableau qui est à Amsterdam.

Toile. — H., $1^m$,20 c.; L., $0^m$,89 c.

## SCHALKEN

27. — L'Automne et l'Hiver (sujet allégorique).

Toile. — H., $0^m$,36 c.; L., $0^m$,31 c.

## STORCK (A.)

28. — Vue du vieux palais à Florence.

Composition d'environ trois cents figures.

H., $0^m$,48 c.; l., $0^m$,62 c.

## VÉLASQUEZ

29. — Portrait de l'infant don Balthasar, fils de Philippe IV.

Il porte un justaucorps noir, le collier de la toison d'or, une épée garnie en acier; une chevelure blonde encadre sa figure délicate.

Toile. — H., $0^m$,72 c.; l., $0^m$,47 c.

## VESTIER

30. — Portrait de Marie-Antoinette.

Les cheveux poudrés et relevés par un ruban blanc avec une rose.

Toile. — H., $0^m$,67 c.; l., $0^m$,53 c.

## WYNANTS (Jean) et LINGELBACK

### 31. — Paysage.

A gauche, sur un tertre, une maison de campagne devant laquelle s'étend une prairie ombragée de groupes d'arbres. En face, sur des terrains sablonneux, une route suit le bord d'une rivière. Près d'un tronc d'arbre renversé, un paysan et une femme, assis au bord de la route, sont à causer avec un homme à cheval. Plus loin, d'autres personnages et des moutons animent le paysage. A droite, dans le lointain, un village entouré d'arbres est réfléchi dans les eaux. L'horizon se termine par un groupe de montagnes sur lesquelles se sont arrêtés des nuages dorés par un soleil couchant. Les figures sont de *Jean Lingelback*.

Délicieux spécimen du maître, lumineux, transparent, harmonieux et parfaitement conservé.

Signé à gauche *J. Wynants*.

Toile. — L., $0^m,63$ c.; h., $0^m,43$ c.

## WENIX (J.-B.)

(1664 à 1719. — Élève de son père.)

### 32. — Gibier.

Le fond obscur de ce tableau fait ressortir le plumage des oiseaux, peint avec une vérité et une vigueur admirables.

Toile. — H., $1^m,02$ c.; l., $0^m,76$ c.

## VÉRON

33. — Vue de Pontoise.

Toile. — H., $0^m,30$ c.; L., $0^m,52$ c.

## ÉCOLE FRANÇAISE

34. — Portrait de J.-J. Rousseau.

35. — Portrait de Louis XVI.

Très-belle gravure.

## ÉCOLE FRANÇAISE

36. — Portrait de Marie-Antoinette.

Pendant du précédent.

# TABLEAUX

PROVENANT

## DE LA COLLECTION DE FEU M. V...

### BOUCHER

37. — Vénus et l'Amour.

Vénus, assise et la tête appuyée sur sa main droite, tient de la main gauche un carquois; auprès d'elle un petit Amour aiguise une flèche; sur le premier plan, deux colombes.

Tableau des plus gracieux et de la plus belle qualité du maître.

### DYCK (VAN)

38. — La Vierge et l'Enfant Jésus.

La Vierge, en extase, la tête couverte d'une draperie bleue, tient l'enfant Jésus dans ses bras.

Magnifique spécimen du maître.

## FRAGONARD

39. — Petite tête de jeune garçon.

## GAROFOLO

40. — Jésus et la Samaritaine.

Au second plan, le groupe des Apôtres; dans le fond, sur le haut d'une colline, on aperçoit une ville avec ses monuments.

## GREUZE

41. — L'Effroi.

Une jeune fille, la tête couverte d'un voile, les cheveux épars et les mains jointes, est effrayée par l'orage.

*Tableau très-remarquable.*

## FILIPPO LIPPI

42. — La Vierge allaitant l'enfant Jésus.

*De chaque côté un ange est en adoration.*

## LEMOINE

43. — Salmacis et Hermaphrodite.

## B. P. OMMEGANK

44. — Le Passage du gué.

Dans un superbe paysage dont l'horizon s'étend à perte de vue et éclairé par un soleil du matin, un troupeau de chèvres et de moutons traverse une rivière à gué. Un pêcheur, un paysan à cheval et une femme suivent le troupeau. A droite, une entrée de bois.

*Tableau capital du maître*, provenant de la vente *Van Berslaër*, de Bruxelles.

## PRUD'HON

45. — La Sortie du bain.

*Dessin.*

## PRUD'HON

46. — Étude de Femme nue.

*Dessin.*

## WATTEAU

47. — Clythie.

Tableau de la plus belle qualité du maître.

## TINTORET

48. — L'Archange terrassant le démon.

PARIS. — J. CLAYE, IMPRIMEUR, 7, RUE SAINT-BENOIT. — [576]

www.ingramcontent.com/pod-product-compliance
Ingram Content Group UK Ltd.
Pitfield, Milton Keynes, MK11 3LW, UK
UKHW021045260726
13994UKWH00005B/2359